Elizabeth Gaskell

Lassie und die Halbbrüder

ELIZABETH GASKELL

Lassie
und die
Halbbrüder

Aus dem Englischen übersetzt,
illustriert und mit einem Nachwort
von Jasmin Schreiber

RECLAM

Englischer Originaltitel:
The Half-Brothers (1859 erstmals erschienen)

2024 Philipp Reclam jun. Verlag GmbH,
Siemensstraße 32, 71254 Ditzingen
Umschlaggestaltung: Philipp Reclam jun. Verlag GmbH
Umschlagillustrationen: Jasmin Schreiber
Druck und buchbinderische Verarbeitung:
GGP Media GmbH, Karl-Marx-Straße 24, 07381 Pößneck
Printed in Germany 2024
RECLAM ist eine eingetragene Marke
der Philipp Reclam jun. GmbH & Co. KG, Stuttgart
ISBN 978-3-15-011482-7

www.reclam.de

MIX
Papier | Fördert gute Waldnutzung
FSC® C014496

Inhalt

Lassie und die Halbbrüder

7

Nachwort

49

Über Jasmin Schreiber

73

Lassie und die Halbbrüder

Meine Mutter war zwei Mal verheiratet. Sie sprach nie über ihren ersten Mann, und das Wenige, das ich über ihn weiß, habe ich nur von anderen Leuten gehört. Ich glaube, sie war gerade erst siebzehn, als sie ihn heiratete, und er kaum einundzwanzig. Er pachtete eine kleine Farm oben in Cumberland, irgendwo an der Küste; aber vielleicht war er zu jung und unerfahren, um die Verantwortung für Land und Vieh zu tragen. Seine Geschäfte florierten jedenfalls nicht, er erkrankte und starb noch vor dem dritten Jahr ihrer Ehe an Schwindsucht. Meine Mutter Helen war nun eine junge Witwe von zwanzig Jahren – mit einem Kind, das gerade erst laufen gelernt hatte, und einem Hof, dessen Pacht noch vier Jahre lief und auf dem die Hälfte des Viehs verendet oder nach und nach verkauft worden war, um die dringendsten Schulden zu bezahlen.

Es war kein Geld da, um neue Tiere zu kaufen oder auch nur Vorräte für den täglichen Bedarf zu erwerben. Auch war ein weiteres Kind auf dem

Weg; ich denke, meine Mutter dachte mit Trauer und Sorge daran. Es muss ein trostloser Winter gewesen sein, den sie in ihrer einsamen Behausung verbrachte, ohne eine Menschenseele weit und breit. Ihre Schwester kam, um ihr Gesellschaft zu leisten, und die beiden planten und rechneten, wie sie mit jedem Penny, den sie aufbringen konnten, so lange wie möglich auskommen könnten.

Ich kann nicht sagen, wie es kam, dass meine kleine Schwester, die ich nie kennengelernt habe, krank wurde und starb; doch als wäre das Maß meiner armen Mutter nicht schon voll genug gewesen, erkrankte das kleine Mädchen nur vierzehn Tage vor Gregorys Geburt an Scharlach und war nach einer Woche tot. Ich glaube, meine Mutter war einfach nur betäubt von diesem letzten Schlag. Tante Fanny hat mir erzählt, dass sie nicht einmal geweint habe, obwohl meine Tante froh darüber gewesen wäre. Doch meine Mutter saß wohl nur da, hielt die Hand des armen kleinen Mädchens und blickte in sein hübsches, blasses und totes Gesicht, ohne auch nur eine Träne zu vergießen. Und auch, als sie das Kind abholten, um es zu beerdigen, war es nicht anders. Meine Mutter küsste das Kind und setzte sich auf die Fensterbank, um die kleine, schwarze Prozession von Menschen – Nachbarn, meine Tante, ein entfernter Cousin, was alle Freunde gewesen waren, die sie hatten auftreiben können – dabei zu beobachten, wie diese sich durch den Schnee schlängelte, welcher sich in der Nacht zuvor in einer dünnen Schicht übers Land gelegt hatte. Als meine Tante von der Beerdigung zurückkam, fand sie ihre Schwester an der gleichen Stelle, ihre Augen so trocken wie zuvor.

So machte meine Mutter weiter bis zu Gregorys Geburt. Und irgendwie schien seine Ankunft ihre Tränen zu lösen, denn zur Bestürzung meiner Tante und anderer Beobachter weinte sie nun Tag und Nacht. Hätten sie gewusst wie, hätten sie ihre Tränen sicher gestillt. Aber meine Mutter sagte, man solle sie in Ruhe lassen und sich nicht zu sehr darüber ängstigen, denn jede Träne, die sie vergieße, beruhige ihr Gemüt, welches sich ja in einem schrecklichen Zustand befunden hatte, bevor sie in der Lage war zu weinen.

Danach sah es so aus, als ob sie an nichts anderes mehr dächte als an ihr neues kleines Baby; an ihren Mann oder ihre kleine Tochter, die tot auf dem Kirchhof von Brigham lag, schien sie sich kaum zu erinnern – zumindest sagte das Tante Fanny. Doch während diese sehr gesprächig war, war meine Mutter von Natur aus sehr schweigsam. Und des-

halb glaube ich, dass Fanny sich geirrt hat, als sie annahm, dass meine Mutter nie an ihren Mann und ihr Kind dachte, nur weil sie nie über sie sprach.

Tante Fanny war älter als meine Mutter und hatte die Angewohnheit, diese wie ein Kind zu behandeln; abseits davon war sie jedoch ein freundliches, warmherziges Wesen, dem mehr am Wohlergehen ihrer Schwester lag als an ihrem eigenen. Sie lebten hauptsächlich von ihrem wenigen Geld und von dem, was die beiden durch ihre Arbeit für die großen Glasgower Textilhändler verdienen konnten. Doch nach und nach versagte die Sehkraft meiner Mutter. Es war nicht so, dass sie völlig blind war, denn sie sah noch genug, um sich durch das Haus zu bewegen und dort eine Menge Tätigkeiten zu verrichten; doch sie konnte kein Geld mehr mit filigranen Näharbeiten verdienen. Es musste mit dem vielen Weinen damals zusammenhängen, denn sie war noch ein junges Geschöpf – und, wie ich gehört habe, die hübscheste junge Frau in der Gegend.

Dass sie kein Geld mehr verdienen konnte, um für sich und ihr Kind zu sorgen, nahm sie sich schwer zu Herzen. Meine Tante Fanny hätte sie gerne davon überzeugt, dass sie doch sowieso genug damit zu tun habe, den Haushalt zu versorgen und auf Gregory aufzupassen; aber meine Mutter wusste, dass sie knapp bei Kasse waren und dass Tante Fanny selbst nicht so viel zu essen hatte, wie sie bräuchte; und was Gregory betraf, so war er kein kräftiger Junge und brauchte zwar nicht *mehr* Essen – er hatte immer genug, egal, wer dafür kürzertreten musste –, aber *bessere* Nahrung und mehr Fleisch.

Eines Tages – es war Tante Fanny, die mir das alles über meine arme Mutter erzählte, lange nach ihrem Tod –, als die Schwestern zusammensaßen, Tante Fanny arbeitete und meine Mutter Gregory in den Schlaf wiegte, kam William Preston herein, der später mein Vater werden sollte. Er war als alter Junggeselle bekannt. Ich schätze, er war da schon weit über vierzig, und er gehörte zu den wohlhabendsten Bauern in der Gegend. Er hatte meinen Großvater gut gekannt und auch meine Mutter und meine Tante in ihren besseren Tagen. Er setzte sich und fing an, verlegen seinen Hut zu kneten, bedacht darauf, sympathisch zu erscheinen; meine Tante Fanny redete, und er hörte zu und sah dabei meine Mutter an. Er sagte sehr wenig, weder bei diesem noch bei seinen vielen weiteren Besuchen, bevor er schließlich aussprach, was seit dem ersten

Betreten ihres Hauses der eigentliche Grund für seine Anwesenheit gewesen war.

Eines Sonntags blieb meine Tante Fanny jedenfalls der Kirche fern und kümmerte sich um das Kind, während meine Mutter allein hinging. Als sie zurückkam, rannte sie sofort die Treppe hinauf, ohne in die Küche zu gehen, um nach Gregory zu sehen oder ein Wort mit ihrer Schwester zu wechseln, und Tante Fanny hörte sie so sehr weinen, als bräche ihr das Herz. Also ging sie hinauf und tadelte meine Mutter durch die verriegelte Tür, bis sie sie schließlich dazu brachte, ihr zu öffnen. Da fiel meine Mutter meiner Tante um den Hals und erzählte ihr, dass William Preston um ihre Hand angehalten und ihr versprochen habe, sich gut um ihren Sohn zu kümmern und es ihm an nichts fehlen zu lassen, weder an Unterhalt noch an Bildung, und dass sie zugestimmt habe.

Tante Fanny war darüber ziemlich schockiert. Wie ich schon sagte, hatte sie oft gedacht, dass meine Mutter ihren ersten Mann sehr schnell vergessen hätte, und dass sie nun so schnell wieder heiraten konnte, schien den eindeutigen Beweis dafür zu liefern. Außerdem – darauf wies Tante Fanny häufiger hin –, wäre sie selbst eine passendere Partie für einen Mann in William Prestons Alter gewesen als ihre Schwester Helen, die zwar Witwe, aber noch nicht einmal vierundzwanzig Jahre alt war. Aber wie Tante Fanny schon sagte, hatten sie sie nicht um Rat gefragt, und es gab auch viele Argumente für die andere Sichtweise. Denn Helens Sehkraft würde nicht mehr für viel gut sein, und als William Prestons Frau würde sie nie wieder einen Finger rühren müssen, wenn sie es nicht wollte. Außerdem war ein Junge eine große Bürde für eine verwitwete Mutter, und jetzt würde es einen anständigen, verlässlichen Mann geben, der sich um ihn kümmern würde. So schien Tante Fanny nach und nach sogar eine wohlwollendere Sicht auf die Heirat als meine Mutter zu gewinnen, die nur selten aufblickte und nicht mehr lächelte seit dem Tag, an dem sie versprochen hatte, William Preston zu heiraten.

Hatte sie ihren Sohn Gregory vorher schon geliebt, so schien sie ihn jetzt noch mehr zu lieben. Sie redete unentwegt mit ihm, wenn sie allein waren, obwohl er viel zu jung war, um ihre Klagen zu verstehen oder sie zu trösten, außer durch seine Umarmungen.

Letztendlich wurden sie und William Preston vermählt, und sie wurde dadurch zur Herrin eines gut ausgestatteten Hauses, welches knapp eine hal-

be Wegstunde zu Fuß von Tante Fannys entfernt lag. Ich denke, sie tat, was sie konnte, um meinen Vater glücklich zu machen. Eine pflichtbewusstere Frau hätte es nicht geben können, hörte ich ihn selbst sagen. Doch sie liebte ihn nicht, was er kurz darauf auch selbst feststellte. Sie liebte Gregory, aber ihn liebte sie nicht. Vielleicht wäre die Liebe mit der Zeit gekommen, wenn er geduldig genug gewesen wäre, zu warten; doch es verbitterte ihn zu sehen, wie sich ihr Blick aufhellte und die Farbe in ihr Gesicht zurückkehrte, sobald sie das kleine Kind sah. Aber für ihn, der ihr so viel gegeben hatte, hatte sie nur höfliche Worte übrig, so kalt wie Eis.

Wegen der so ungleichen Behandlung begann mein Vater bald gegen meine Mutter zu sticheln, so als ob das ihre Liebe erwecken könnte; und er war so eifersüchtig auf die bereitwillige Liebe, die wie Wasser aus einer Quelle strömte, sobald Gregory in der Nähe war, dass er eine absolute Abneigung gegen ihn entwickelte. Er wollte, dass sie ihn mehr liebte, und vielleicht war das auch gut und recht; aber er wollte, dass sie das Kind dafür weniger liebte, und das war ein bösartiger Wunsch.

Eines Tages gab er seinem Temperament nach und schimpfte und fluchte über Gregory, der irgendeinen Unfug angestellt hatte, wie es Kinder eben tun. Meine Mutter nahm ihn in Schutz, und mein Vater sagte, es sei schon schwer genug, das Kind eines anderen Mannes großzuziehen, ohne dass die eigene Ehefrau stets Ausflüchte für es suchte, obwohl sie doch eigentlich auf seiner Seite stehen sollte. Sie steigerten sich immer weiter hinein, und das Ende der ganzen Sache war, dass meine Mutter deshalb zu früh Wehen bekam und ich an diesem Tag geboren wurde.

Mein Vater war erfreut, stolz und schuldbewusst – alles auf einmal; froh und stolz, dass ihm ein Sohn geboren wurde; und schuldbewusst aufgrund des Zustands seiner Frau, zumal dieser durch seine zornigen Worte ausgelöst worden war. Doch er war ein Mann, der lieber wütend als schuldbewusst war, und deshalb kam er kurz danach zum Schluss, dass das sowieso alles Gregorys Schuld gewesen sei, weshalb er jetzt ihm wegen meiner zu frühen Geburt zürnte. Und nicht lange danach fand er noch einen weiteren Grund, um Gregory zu grollen. Ab dem Tag meiner Geburt begann meine Mutter dahinzuschwinden. Mein Vater ließ Ärzte aus Carlisle holen und hätte das Blut seines Herzens in Gold gemünzt, hätte es sie retten können; aber das konnte es nicht.

Meine Tante Fanny pflegte manchmal zu sagen, sie glaube, Helen habe einfach nicht leben wollen und sei deshalb gestorben, ohne wenigstens den Versuch zu machen, sich ans Leben zu klammern; aber als ich sie genauer befragte, gab sie zu, dass meine Mutter alle Ratschläge der Ärzte befolgt habe, und zwar mit derselben klaglosen Geduld, mit der sie ihr ganzes Leben ertragen habe.

Einer ihrer letzten Wünsche war, dass Gregory in ihrem Bett neben mir liegen sollte, und dann ließ sie ihn meine kleine Hand ergreifen. Ihr Mann kam herein, und als sie uns so ansah, während er sich zärtlich über sie beugte, um sich nach ihrem Befinden zu erkundigen, und uns zwei kleine Halbbrüder dabei mit einer Art melancholischer Freundlichkeit betrachtete, blickte sie zu ihm auf und lächelte – fast ihr erstes Lächeln ihm gegenüber; und was für ein süßes Lächeln sie hatte! Das sagte nicht nur Tante Fanny.

Innerhalb einer Stunde war meine Mutter tot.

Tante Fanny zog bei uns ein. Das war die beste Lösung. Mein Vater wäre freudig zu seinem Junggesellenleben zurückgekehrt, doch was sollte er mit zwei kleinen Kindern anfangen? Er brauchte eine Frau, die sich um sie kümmerte, und wer wäre dafür besser geeignet als die ältere Schwester sei-

ner Frau? So war sie ab meiner Geburt für mich verantwortlich; natürlich war ich eine Weile recht schwach, und sie blieb immer bei mir, Tag und Nacht, um auf mich aufzupassen, und mein Vater war fast so besorgt wie sie. Denn sein Land war seit über dreihundert Jahren vom Vater auf den Sohn übergegangen, und er hätte sich allein schon deshalb um mich gesorgt, weil ich sein Fleisch und Blut war, das das Land nach ihm erben sollte. Aber er brauchte auch etwas, das er lieben konnte, obwohl er den meisten Menschen wie ein strenger, harter Mann erschien, und er fühlte sich zu mir hingezogen wie zu keinem anderen Menschen zuvor – so, wie er sich vielleicht zu meiner Mutter hingezogen gefühlt hätte, wenn sie nicht ein früheres Leben gehabt hätte, auf das er eifersüchtig sein konnte. Ich erwiderte seine Liebe von ganzem Herzen. Ich glaube, ich habe alle um mich herum geliebt, denn alle waren nett zu mir. Nach einiger Zeit überwand ich meine anfängliche Schwäche und wurde ein glücklicher, kräftiger Junge, der die Aufmerksamkeit aller Passanten auf sich zog, wenn mich mein Vater in die nächste Stadt mitnahm.

Zu Hause war ich der Liebling meiner Tante, der zärtlich umsorgte Favorit meines Vaters, das Maskottchen und Spielzeug der älteren Bediensteten, der »junge Herr« der Landarbeiter, denen ich so manchen herrschaftlichen Streich spielte und über die ich eine Autorität auszuüben versuchte, die einem kleinen Kind wie mir zweifellos seltsam zu Gesicht stand.

Gregory war drei Jahre älter als ich. Tante Fanny war ihm gegenüber immer freundlich, dachte jedoch nicht oft an ihn, so sehr war sie auf mich fixiert, seit ich als zartes Baby in ihre Obhut gekommen war. Mein Vater hatte seine Abneigung gegen seinen Stiefsohn, der so unschuldig mit ihm um Mutters Herz gekämpft hatte, nie überwunden. Ich glaube auch, dass ihn mein Vater weiterhin für den Tod meiner Mutter und meine anfängliche Kränklichkeit verantwortlich machte; und so unlogisch es auch klingen mag: Ich glaube, dass mein Vater sein Gefühl der Entfremdung meinem Bruder gegenüber lieber wie eine Art Pflicht hegte, als dass er versuchte, es zu unterdrücken. Doch um nichts in der Welt hätte mein Vater ihm etwas verwehrt, das man für Geld kaufen konnte. Das war Teil der Abmachung gewesen, als er meine Mutter geheiratet hatte.

Gregory war schwerfällig und rüpelhaft, ungeschickt und plump und machte fast alles kaputt,

was er anpackte. Die Leute auf dem Hof schimpften viel über ihn und warteten kaum, bis mein Vater ihnen den Rücken zugedreht hatte, bevor sie über den Stiefsohn herzogen. Ich schäme mich – mein Herz schmerzt bei dem Gedanken daran, wie ich dem Brauch der Familie folgte und meinen armen verwaisten Stiefbruder geringschätzig behandelte.

Ich glaube nicht, dass ich ihn jemals gehänselt habe oder absichtlich böse zu ihm gewesen bin; aber die Gewohnheit, in allen Dingen bevorzugt und als jemand Besonderes und Überlegenes behandelt zu werden, machte mich in meinem Übermut anmaßend, und ich erwartete mehr, als Gregory mir geben wollte, und dann wiederholte ich manchmal aus Verärgerung die abfälligen Worte, die ich von anderen über ihn gehört hatte, ohne ihre Bedeutung zu verstehen. Ob er sie verstand, kann ich nicht sagen. Ich fürchte, er tat es.

Er wurde still und schweigsam – mürrisch und schmollend, wie mein Vater meinte; dumm, wie Tante Fanny es zu nennen pflegte. Aber es sagten sowieso alle, er sei dumm und stumpfsinnig, und diese angebliche Dummheit und die Stumpfsinnigkeit setzten sich irgendwann in ihm fest. Manchmal saß er stundenlang da, ohne ein Wort zu sagen. Dann forderte mein Vater ihn auf, aufzustehen und etwas auf dem Hof zu erledigen, und es brauchte drei oder vier Ermahnungen, bevor er sich erhob.

Als wir in die Schule geschickt wurden, war es immer dasselbe. Man konnte ihn nie dazu bringen, sich den Unterrichtsstoff zu merken. Der Schulleiter wurde des Schimpfens und der Prügel überdrüssig und riet meinem Vater schließlich, Gregory einfach mitzunehmen und ihm eine Arbeit auf dem Bauernhof zu geben, die seinen Horizont vielleicht nicht übersteigen würde.

Ich glaube, mein Bruder wurde dadurch noch finsterer und törichter als jemals zuvor, aber er war kein schlechter Kerl; er war geduldig und gutmütig und versuchte, jedem etwas Gutes zu tun, auch wenn man ihn kurz zuvor noch beschimpft oder geohrfeigt hatte. Aber sehr oft brachten seine Versuche, freundlich zu sein, wegen seiner ungeschickten und unbeholfenen Art den Menschen, denen er helfen wollte, Unheil.

Ich selbst war wohl ein kluger Junge, jedenfalls wurde ich immer sehr gelobt und war in der Schule, wie wir immer sagten, eine echte Leuchte. Der Schuldirektor befand, ich könne alles lernen, was ich mir in den Kopf setzte, aber mein Vater, der

selbst nicht sehr gebildet war, sah wenig Sinn darin und nahm mich frühzeitig von der Schule und zu sich auf den Hof.

Gregory wurde vom alten Adam, der schon fast das Ende seines Arbeitslebens erreicht hatte, zu einer Art Schafhirte ausgebildet. Ich glaube, der alte Adam war so ziemlich der erste Mensch, der eine hohe Meinung von Gregory hatte. Er sah gute Anlagen in meinem Bruder, auch wenn er nicht genau wusste, wie er diese zur Geltung bringen sollte; und weil Gregory sich so gekonnt in den Fells[1] orientieren konnte, sagte er, er habe noch nie einen Jungen wie ihn getroffen. Mein Vater wollte Adam dazu bringen, über Gregorys Fehler und Mängel zu sprechen, doch als der Schäfer die Absicht meines Vaters erkannte, lobte er ihn nur doppelt so sehr.

Eines Winters, als ich etwa sechzehn Jahre alt war und Gregory neunzehn, schickte mich mein Vater auf einen Botengang zu einem Ort, der über die Straße etwa sieben Meilen entfernt war, aber wenn man durch die Fells ging, nur vier. Er schärfte mir ein, auf dem Rückweg auf jeden Fall die Straße zu nehmen, egal welchen Hinweg ich gewählt hät-

1 Die Fells sind eine felsige Hochebene in Nordengland (Anm. d. Ü.).

te, da die Abende schnell hereinbrachen, meist mit dichtem Nebel. Außerdem prophezeite der alte Adam, der inzwischen gelähmt und bettlägerig war, baldigen Schneefall.

Ich gelangte schnell ans Ziel meiner Reise und hatte sogar eine Stunde früher alles erledigt, als mein Vater erwartet hatte. Ich entschied also selbst, welchen Weg ich nach Hause nehmen wollte, und machte mich über die Fells auf den Heimweg, gerade als die ersten Schatten des Abends herabsanken. Es war zwar dunkel und diesig, aber alles wirkte so still, dass ich das Gefühl hatte, ich hätte noch genug Zeit, um vor dem Einsetzen des Schneefalls nach Hause zu kommen. Ich ging ziemlich schnell, doch die Nacht kam schneller.

Der richtige Weg war bei Tag deutlich genug zu erkennen, obwohl an mehreren Stellen zwei oder drei ähnliche Pfade von der gleichen Stelle abzweigten; aber bei guten Lichtverhältnissen wurde der Wanderer durch den Anblick entfernter Objekte geleitet – von einem Stück Fels, einem Abhang –, die jetzt für mich jedoch nicht zu erkennen waren. Ich fasste mir ein Herz und nahm den Weg, der mir richtig erschien. Aber es war der falsche, und er führte mich an einen Ort, den ich nicht kannte: in ein wildes, sumpfiges Moor, in dem die Einsamkeit so schmerzhaft und intensiv war, als hätte noch nie ein menschlicher Fuß die Stille durchbrochen. Ich versuchte zu schreien – in der schwachen Hoffnung, gehört zu werden – oder eher, um mich durch den Klang meiner eigenen Stimme zu beruhigen; meine Stimme erklang nur kurz und heiser, und doch erschreckte sie mich; sie klang seltsam und fremd in dieser geräuschlosen Weite voll schwarzer Finsternis.

Plötzlich war die Luft von grauen Flocken erfüllt, mein Gesicht und meine Hände waren nass von Schnee. Da ich nun nicht mehr sagen konnte, aus welcher Richtung ich gekommen war, wusste ich auch nicht mehr, wo ich war. Ich konnte nicht einmal mehr meine Schritte zurückverfolgen, denn ich wurde immer mehr von einer Dunkelheit eingehüllt, die man förmlich spüren konnte. Blieb ich länger an einer Stelle stehen, so gab der sumpfige Boden unter mir nach; und doch wagte ich nicht, mich viel zu bewegen. Meine ganze jugendliche Härte schien mich plötzlich zu verlassen. Ich war kurz davor zu weinen, und nur die Scham hielt mich davon ab. Um keine Tränen zu vergießen, schrie ich – schreckliche, wilde Schreie, Rufe ums nackte Überleben. Mir wurde übel, als ich innehielt und lauschte; außer dem grausamen Echo

kam keine Antwort. Nur der lautlose, erbarmungslose Schnee fiel immer dichter – und schneller, schneller!

Ich wurde immer benommener und schläfriger. Ich versuchte, mich zu bewegen, aber wagte mich nicht weit vor, weil ich Angst vor den Abgründen hatte, von denen ich wusste, dass es sie an bestimmten Stellen in den Fells gab. Ab und zu blieb ich stehen und schrie wieder; doch meine Stimme wurde von Tränen erstickt, als ich an den trostlosen, hilflosen Tod dachte, den ich sterben sollte, und wie wenig all jene zu Hause, die um das warme, rote, helle Feuer saßen, davon wussten, was aus mir geworden war; und wie mein armer Vater um mich trauern würde – es würde ihn sicher umbringen –, es würde ihm das Herz brechen, dem armen alten Mann! Auch Tante Fanny – sollte dies das Ende all ihrer Fürsorge für mich sein? Ich begann, mein Leben in einer seltsamen Art von Wachtraum Revue passieren zu lassen, in dem die verschiedenen Szenen meiner wenigen Knabenjahre wie Visionen an mir vorbeizogen.

In meinem Schmerz über die Erinnerung an mein kurzes Leben sammelte ich meine Kräfte und rief noch einmal – ein langer, verzweifelter Schrei, auf den ich keine Antwort zu erhalten hoffte außer dem Echo, das durch die dicke Luft gedämpft wurde. Zu meiner Überraschung hörte ich einen Schrei – fast so lang und wild wie meiner –, so wild, dass er mir übernatürlich vorkam, und ich dachte beinahe, es müsse die Stimme eines der trügerischen Geister aus den Fells sein, von denen ich schon so viele Geschichten gehört hatte. Mein Herz begann plötzlich schnell und laut zu schlagen, und ein oder zwei Minuten lang konnte ich nicht antworten. Ich dachte schon, ich hätte die Fähigkeit verloren, mich zu äußern. Genau in diesem Moment bellte ein Hund. War es Lassie – der Collie meines Bruders? Lassie war ein ziemlich hässliches Biest mit einem weißen, unansehnlichen Gesicht, nach dem mein Vater immer trat, wenn er es sah, teils wegen der schlechten Angewohnheiten des Tieres, teils weil es meinem Bruder gehörte. Bei solchen Gelegenheiten pfiff Gregory nach Lassie und setzte sich mit ihr in irgendein Nebengebäude. Mein Vater schämte sich das eine oder andere Mal, als der arme Collie vor Schmerzen aufjaulte, und entlastete sich von seinen Selbstvorwürfen, indem er meinem Bruder die Schuld gab, der, wie er sagte, keine Ahnung von Hundeerziehung habe und mit seiner dummen Idee, Lassie am Küchenfeuer liegen zu lassen, jeden Collie der Christenheit ruinieren könnte. Auf all das antwortete Gregory nicht und schien es auch nicht zu hören, sondern starrte weiterhin abwesend und mürrisch vor sich hin.

Ja! Da war es wieder! Das war Lassies Bellen! Jetzt oder nie! Ich erhob meine Stimme und rief: »Lassie! Lassie! Um Gottes willen, Lassie!«

Es dauerte nur einen Augenblick, und die große, weißgesichtige Lassie wuselte und sprang aufgeregt um meine Füße und Beine herum, während sie mir mit ihren klugen, ängstlichen Augen ins Gesicht sah, als fürchte sie, ich würde sie mit einem Schlag begrüßen, wie ich es schon so oft getan hatte. Aber ich weinte vor Freude, als ich mich vorbeugte und sie streichelte. Mein Geist war genauso schwach wie mein Körper, und ich konnte nicht klar denken, aber ich verstand, dass Hilfe nahte. Eine graue Gestalt tauchte immer deutlicher aus der dichten, bedrückenden Dunkelheit auf. Es war Gregory, eingewickelt in seinen Umhang.

»Oh, Gregory!«, sagte ich und fiel ihm um den Hals, unfähig, ein weiteres Wort zu äußern. Er sprach nicht viel und antwortete mir eine Weile nicht. Dann sagte er mir, dass wir uns bewegen müssten, dass wir um unser Leben laufen müssten, dass wir, wenn möglich, den Weg nach Hause fin-

den müssten, aber dass wir uns vor allem bewegen müssten, sonst würden wir erfrieren.

»Kennst du den Weg nach Hause etwa nicht?«, fragte ich.

»Ich dachte es, als ich mich auf den Weg machte, aber jetzt bin ich mir unsicher. Der Schnee blendet mich, und ich fürchte, dass ich beim Umhergehen den richtigen Pfad nach Hause verloren habe.«

Er hatte seinen Hirtenstab bei sich, und indem er mit ihm bei jedem Schritt den Weg vor sich abtastete, kamen wir – eng aneinandergeklammert – sicher genug voran, um zumindest nicht von den steilen Felsen zu stürzen, aber es war eine langsame und mühsame Aufgabe. Mein Bruder, das sah ich, ließ sich mehr von Lassie und dem von ihr gewählten Weg leiten als von irgendetwas anderem und vertraute auf ihren Instinkt. Es war zu dunkel, um weit vorauszuschauen, aber er rief sie immer wieder zu sich, merkte sich, aus welcher Richtung sie zurückkam, und richtete unsere langsamen Schritte danach aus. Doch die mühsame Bewegung konnte kaum verhindern, dass mir das Blut in den Adern gefror. Jeder Knochen, jede Faser meines Körpers schien zuerst zu schmerzen, dann anzuschwellen und schließlich vor Kälte taub zu werden. Mein Bruder ertrug es besser als ich, da er häufiger in den

Fells unterwegs war. Er sprach nicht, außer um Lassie zu rufen. Ich bemühte mich, tapfer zu sein und nicht zu klagen, aber jetzt fühlte ich, wie mich der tödliche Schlaf überkam.

»Ich kann nicht mehr weiter«, sagte ich erschöpft. Ich erinnere mich, wie ich plötzlich hartnäckig und entschlossen wurde. Ich würde schlafen, und wenn es nur für fünf Minuten wäre. Selbst wenn es mein Tod wäre, würde ich schlafen. Gregory stand still. Ich vermute, er erkannte den besonderen Leidenszustand, in den mich die Kälte versetzt hatte.

»Es hat keinen Sinn«, sagte er, als spräche er zu sich selbst. »Soweit ich weiß, sind wir unserem Zuhause nicht näher als bei unserem Aufbruch. Unsere einzige Chance ist Lassie. Hier! Roll dich in meinen Umhang, Junge, und leg dich auf die geschützte Seite dieses Felsens. Kriech darunter, Junge, und ich lege mich neben dich und versuche, uns zu wärmen. Warte! Hast du etwas an dir, das man zu Hause erkennt?«

Ich nahm es ihm übel, dass er mich so vom Schlaf abhielt, aber als er die Frage wiederholte, zog ich mein Taschentuch mit dem auffälligen Muster hervor, das Tante Fanny für mich gesäumt hatte – Gregory nahm es und legte es Lassie um den Hals.

»Ho, Lassie, ho, nach Hause!« Und das weißgesichtige, unschöne Tier verschwand wie ein Blitz in der Dunkelheit. Jetzt konnte ich mich hinlegen – jetzt konnte ich schlafen. In meiner Benommenheit spürte ich noch, wie mein Bruder mich behutsam zudeckte; aber womit, das wusste ich nicht, und es kümmerte mich auch nicht – ich war zu dumm, zu egoistisch, zu gefühllos, um darüber nachzudenken, sonst hätte ich gewusst, dass es an diesem kargen Ort nichts gab, in das man mich hätte hüllen können, außer das, was einem anderen genommen wurde. Ich war froh, als er mit seinen Bemühungen aufhörte und sich neben mich legte. Ich nahm seine Hand.

»Du kannst dich nicht erinnern, mein Junge, wie wir so zusammen bei unserer sterbenden Mutter lagen. Sie legte deine kleine, deine winzige Hand in meine – ich glaube, sie sieht uns jetzt, und wahrscheinlich werden wir bald bei ihr sein. Wie auch immer, Gottes Wille wird geschehen.«

»Lieber Gregory«, murmelte ich und kroch näher an ihn heran, um mich zu wärmen. Er sprach immer noch, und wieder von unserer Mutter, als ich einschlief.

Im nächsten Moment – so schien es mir – waren viele Stimmen um mich herum – tauchten viele Gesichter um mich herum auf – und das süße Gefühl von Wärme kroch in jeden Teil meines Körpers. Ich war zu Hause in meinem eigenen schmalen Bett. Ich bin froh, dass mein erstes Wort »Gregory?« lautete.

Die Blicke wanderten von einem zum anderen – das strenge alte Gesicht meines Vaters bemühte sich vergeblich, seine Strenge zu bewahren; sein Mund bebte, die Augen füllten sich langsam mit ungewollten Tränen.

»Ich hätte ihm die Hälfte meines Landes gegeben, ich hätte ihn als meinen Sohn anerkannt, oh Gott! Ich hätte zu seinen Füßen gekniet und ihn gebeten, mir meine Hartherzigkeit zu verzeihen.«

Ich hörte nichts mehr. Ein Strudel wirbelte durch mein Gehirn und riss mich wieder in den Tod.

Erst Wochen später kam ich langsam wieder zu Bewusstsein. Als ich zu mir kam, waren die Haare meines Vaters weiß und seine Hände zitterten, während er mir ins Gesicht schaute.

Wir sprachen nicht mehr von Gregory. Wir konnten nicht von ihm sprechen, aber er war auf seltsame Weise in unseren Gedanken. Lassie kam und ging, ohne je getadelt zu werden; nein, mein Vater versuchte gar, sie zu streicheln, aber sie wich zurück; und er seufzte, als würde er von dem armen stummen Tier zurechtgewiesen, und war eine Zeit lang still und abwesend.

Tante Fanny – wie immer redselig – erzählte mir alles. Wie mein Vater in jener verhängnisvollen Nacht, irritiert über meine lange Abwesenheit und wahrscheinlich besorgter, als er zugeben wollte, Gregory gegenüber schroff und herrisch geworden war, sogar über das übliche Maß hinaus; wie er ihm die Armut seines Vaters und seine Dummheit vorwarf, die seine Dienste wertlos machten – so wollte es mein Vater sehen, dem alten Schäfer zum Trotz.

Schließlich stand Gregory auf und pfiff Lassie zu sich, die mit ihm hinausging – die arme Lassie, die aus Angst vor einem Tritt oder einem Schlag unter seinem Stuhl kauerte.

Kurz zuvor hatten mein Vater und meine Tante über meine Rückkehr gesprochen, und als Tante Fanny mir das erzählte, meinte sie, dass Gregory wohl den aufkommenden Sturm bemerkt und sich lautlos aufgemacht haben könnte, um mir entgegenzugehen. Drei Stunden später, als alle in wilder Aufregung herumliefen und nicht wussten, wo sie mich suchen sollten – und Gregory nicht einmal vermissten oder seine Abwesenheit bemerkten, armer Kerl – armer, armer Kerl! –, kam Lassie nach

Hause und trug mein Taschentuch um den Hals gebunden. Sie erkannten und verstanden es, und die ganze Belegschaft des Hofes wurde losgeschickt, um ihr zu folgen – mit Umschlägen, Decken, Schnaps und allem, was man sich vorstellen konnte. In eisigem Schlaf, aber noch am Leben, lag ich unter dem Fels, zu dem Lassie sie führte. Ich war mit dem Überwurf meines Bruders zugedeckt, und sein dicker Hirtenmantel war sorgfältig um meine Füße gewickelt. Er selbst trug nur sein Hemd und hatte seinen Arm um mich gelegt – ein stilles Lächeln (er hatte in seinem ganzen Leben kaum je gelächelt) lag auf seinem ruhigen, kalten Gesicht.

Die letzten Worte meines Vaters waren: »Gott vergebe mir meine Hartherzigkeit gegenüber dem vaterlosen Kind!«

Und was vielleicht mehr als alles andere von der Tiefe seiner Reue zeugte, wenn man seine leidenschaftliche Liebe zu meiner Mutter bedenkt, war das Folgende: Nach seinem Tod fanden wir einen Zettel, auf dem er den Wunsch äußerte, am Fuße des Grabes beigesetzt zu werden, in das der arme Gregory auf Vaters Wunsch hin zu *unserer Mutter* gelegt worden war.

GREGORY

Nachwort

Noch im August 2024 wurde auf der deutschen Wikipedia-Seite zu »Lassie«[1] behauptet, dieser in der Popkultur sehr bekannte hilfsbereite Collie sei eine Erfindung des Schriftstellers Eric Knight (1897–1943), der im Jahre 1938 die Kurzgeschichte *Lassie Come Home* in der *Saturday Evening Post* veröffentlicht hatte. Diese Darstellung veranschaulicht ganz gut das bekannte Phänomen, dass weibliches Schaffen und weibliche Beiträge zum wissenschaftlichen und/oder kulturellen Gedächtnis häufig übersehen werden. Zumindest auf der englischsprachigen Wikipedia-Seite ist man diesbezüglich schon besser informiert – dort verortet man Lassies erstes Auftreten korrekt in Elizabeth Gaskells Kurzgeschichte *The Half-Brothers* (1859).[2]

1 https://de.wikipedia.org/wiki/Lassie (zuletzt aufgerufen am 1. 8. 2024).

2 https://en.wikipedia.org/wiki/Lassie#Elizabeth_Gaskell_short_story (zuletzt aufgerufen am 1. 8. 2024).

Lassie, die in dieser Geschichte eher eine Nebenfigur ist, hat schon in meiner Kindheit mein Herz erobert, und damit war ich nicht allein. Die anhaltende Faszination von uns Menschen für Geschichten von treuen und hilfsbereiten Hunden, verkörpert durch beliebte Figuren wie eben Lassie, aber auch Hachiko, Wolfsblut oder – ein weiterer Held meiner Kindheit – Kommissar Rex, sehe ich als Spiegel unserer tiefen Sehnsucht nach bedingungsloser Liebe. Die Beziehung zwischen uns und unseren treuen, vierbeinigen Begleitern reicht Tausende von Jahren zurück, da Hunde zu den ersten Tieren gehörten, die domestiziert und in menschliche Gesellschaften integriert wurden. Früher waren Hunde vor allem praktisch: Sie halfen bei der Jagd, schützten Haus, Hof und das Leben der Familie. Diese Partnerschaft ist jedoch – vor allem heutzutage – über die reine Zweckgemeinschaft hinausgewachsen; sie hat sich zu einer tiefen Verbundenheit entwickelt, die sich in unseren Mythen, Geschichten und kulturellen Praktiken widerspiegelt. Oder auch in der Situation, in der ich das hier gerade schreibe – umgeben von drei Hunden, einer liegt sogar neben mir auf dem Sofa.

Hunde verkörpern für uns Treue, Mut und bedingungslose Liebe. Das Rudel bedeutet ihnen alles. Ich weiß, dass meine Hunde ihr Leben für mich riskieren würden, und das beruht auf Gegenseitigkeit. Wahrscheinlich sprechen Geschichten wie die vorliegende, in denen es um absolut loyale Hunde geht, mehrere emotionale Grundbedürfnisse von uns Menschen an und vermitteln uns deshalb ein so wohliges Gefühl. In diesen Erzählungen spielen Themen wie Liebe, Aufopferung und die Sehnsucht nach Gefährten eine große Rolle, was zu den universellen menschlichen Erfahrungen und Sehnsüchten gehört – denn auch wir sind soziale Tiere. Die Darstellung von Hunden als treue Gefährten, die uns bedingungslos unterstützen und beschützen, entspricht unserem Wunsch nach einfachen und klaren Bindungen, die eine erfrischende Abwechslung zur oft bedingten und komplizierten Natur menschlicher Beziehungen darstellen. Meinen Hunden muss ich mich nicht erklären, muss mich nicht vor ihnen profilieren, keine Angst vor ihrem Urteil haben. Sie finden einfach gut, dass ich existiere, was sehr erholsam in seiner Unkompliziertheit ist. Hunde wie Lassie geben uns die Gewissheit, dass es jemanden gibt, der immer wachsam ist, der uns unermüdlich unterstützt und uns angesichts der Unsicherheiten des Lebens Trost spendet. Und der uns immer liebt, egal, wie wenig wir uns vielleicht gerade selbst mögen.

In Lassie hatte Gregory aus unserer Geschichte auf jeden Fall eine treue Freundin. Von fast allen Menschen abgelehnt, konnte er sich immer auf seine Hündin verlassen – auf ihre Ergebenheit, auf ihre Sicherheit, ihre Liebe. Gerade Letzteres hatte der Junge ja seit dem Tod seiner Mutter nicht mehr erlebt.

In den späteren Filmen und Fernsehserien verwandelte sich Lassie in einen kulturellen Archetyp, und zwar in den »edlen« Hund und Retter in der Not. Vom reinen Hütehund zur Heldin. Jede Generation scheint ihre eigene Version von Lassie zu haben, von den Schwarzweißfilmen der 1940er Jahre bis hin zu modernen Neuinterpretationen als Anime-Filme. Ich bin mit der Originalserie *Lassie* (1954–1973 bei CBS; in Deutschland anfangs ARD, dann ZDF) aufgewachsen und hatte danach als Kind deutlich überzogene Vorstellungen davon, was Hunde im Alltag leisten können und wollen. Dass diese Hündin jedoch die Kreation einer englischen Schriftstellerin ist, wusste ich bis vor Kurzem ebenfalls nicht.

Lassies Schöpferin Elizabeth Gaskell wurde als Elizabeth Cleghorn Stevenson am 29. September 1810 in Chelsea, London, geboren. Nach dem frühen Tod ihrer Mutter ein Jahr nach ihrer Geburt wuchs sie in der Obhut ihrer Tante auf. Es war jedoch ihr älterer Bruder John Stevenson, der eine entscheidende Rolle bei der Förderung ihres aufkeimenden Schreibtalents spielte. John, der selbst literarische Ambitionen hegte, erkannte Elizabeths Talent zum Geschichtenerzählen und ermutigte sie, es durch einen regen Briefwechsel zu kultivieren.[3] Die umfangreiche Korrespondenz, die von der literarischen Neigung beider Geschwister zeugt, bildete einen fruchtbaren Boden für Elizabeths frühe kreative Entwicklung und ihren Hunger nach Bildung; von ihrem Vater wurde sie ebenfalls ermuntert, sich dem Schreiben zu widmen.

Diese Unterstützung ihrer Familie trug schnell Früchte. Von Kindheit an schrieb sie im Verlauf ihres Lebens Tausende sorgfältig ausgearbeitete Briefe von hoher literarischer Qualität, von denen trotz ihres Wunsches, dass sie vernichtet werden mögen, eine beträchtliche Anzahl erhalten geblieben ist. Außerdem verfasste sie in den zwei Jahrzehn-

3 Elizabeth C. Gaskell, *The Letters of Mrs. Gaskell*, hrsg. von John A. V. Chapple, Manchester: Mandolin, 1997.

ten ihrer professionellen schriftstellerischen Tätigkeit sieben Romane und zahlreiche Erzählungen – sie war also höchst produktiv. Zu ihren bedeutenden Beiträgen zur literarischen Welt gehört die bahnbrechende Biographie ihrer engen Freundin Charlotte Brontë (1816–1855). Dieses Werk definierte das Genre der Biographie neu, indem es sich auf das Leben einer Frau konzentrierte und es mit einer Tiefe und Komplexität darstellte, die zu dieser Zeit noch nicht Usus war.

Auch Elizabeths glückliche Wahl des Ehepartners begünstigte diese hohe Produktivität und ermöglichte ihr überhaupt erst, ein Leben als schreibende Frau zu führen. Ihre Verbindung mit William Gaskell, einem Geistlichen und progressiven Denker, war von entscheidender Bedeutung für ihr Leben als Schriftstellerin in der viktorianischen Gesellschaft. Es war damals nicht unbedingt gang und gäbe, dass eine Frau neben ihren Pflichten als Ehefrau und Mutter von ihrem Mann dabei unterstützt wurde, Autorin zu werden oder einer ähnlich öffentlichen und zeitaufwändigen Tätigkeit nachzugehen. Selbst Menschen wie Charles Dickens (1812–1870), die eng mit Gaskell zusammenarbeiteten und als Autoren ja eigentlich selbst wissen mussten, wie fordernd dieser Beruf war, fehlte komplett das Gefühl dafür, wie ein Alltag mit Familie und Schriftstellerei für eine schreibende Frau aussah, was unter solchen Bedingungen möglich war und was eben nicht. Dickens war Gaskells Lektor und Herausgeber, und so schrieb er einmal an einen anderen Lektor, weil die Autorin wohl wieder einmal eine Deadline nicht eingehalten hatte: »Wenn ich Mr. G. wäre, oh Himmel, wie würde ich sie schlagen!«[4] Mit Mr. G. meinte er Elizabeth Gaskells Ehemann, der zum Glück kein entsprechendes Bedürfnis verspürte. Dickens' Ausfall zeigt uns vor allem eins: die privilegierte Perspektive eines weißen Mannes. Natürlich war es schön, wenn man alle Termine einhalten konnte, weil man zum Arbeiten ins Studierzimmer ging, die Tür hinter sich schloss und erst zum Essen wieder herauskam, das sich auf magische Weise auf dem Tisch materialisiert hatte. Nur dass das eben nicht durch Magie geschah, sondern dank der Arbeit der Ehefrauen und, falls vorhanden, des Hauspersonals. Gaskells Problem: Sie war zwar die Schriftstellerin, aber *gleichzeitig* auch die Ehefrau. Sie konnte sich nicht einfach vor ihrer Familie verstecken und in Ruhe arbeiten. Ihr Mann ging ins Arbeitszimmer, sie

4 Jenny Uglow, *Elizabeth Gaskell: A Habit of Stories*, London [u. a.]: Faber & Faber, 1993, S. 395.

selbst saß am Esstisch und schrieb in den kurzen Pausen zwischen ihren Verpflichtungen als Ehefrau, Dame der Gesellschaft und Mutter von vier Töchtern. Allerdings lehnte Elizabeth Gaskell diese Rollen keineswegs ab, im Gegenteil. Sie identifizierte sich damit und untersuchte in ihrem Werk die Spannungen und Konflikte, mit denen Frauen konfrontiert sind, die versuchen, all diese Rollen auszufüllen und sich dabei persönlich und kreativ zu entfalten. Wie diese Aufgaben am besten kombiniert werden, sodass sie ihnen gerecht wird und gleichzeitig persönliche Erfüllung im Schreiben findet, bezeichnet sie in ihren Briefen als »ihr Rätsel«.[5] Ihr Leben und ihre persönliche Einstellung spiegeln dieses komplexe Verhältnis zur traditionellen Rolle der Ehefrau und Mutter sowie ihre Stellung als Schriftstellerin wider. Obwohl in jüngster Zeit versucht wurde, Elizabeth Gaskell eindeutig als Feministin nach heutiger Definition darzustellen, lassen sich ihre Positionen nicht so einfach verorten.[6] Ihre Haltung zu diesen Themen war oft kompliziert und wirkte sogar widersprüch-

5 Barbara Weiss, »Elizabeth Gaskell: The Telling of Feminine Tales«, in: *Studies in the Novel* 16 (1984) Nr. 3, S. 274–287, hier S. 278.

6 Ebd.

lich. Im Allgemeinen hatte sie zudem nicht die Gewohnheit anderer viktorianischer Schriftsteller:innen, sich selbst und ihr Schreiben ausführlich schriftlich zu reflektieren, was es ebenfalls schwierig macht zu verstehen, wie sie sich selbst und ihre Arbeit als Schreibende definierte. Dennoch lassen sich auch aus ihren fiktiven Geschichten einige ihrer Einstellungen ableiten.

Was all ihre Werke auch ohne Erläuterungen deutlich machen: Elizabeth Gaskell war eine begnadete Geschichtenerzählerin – ein Umstand, den ihre Kritiker:innen oft als Schwäche auslegten. Ihre schriftstellerische Arbeit erhielt Etiketten wie »charmant«, »nett« oder »unbedeutend«. Der Literaturkritiker Frank Raymond »F. R.« Leavis zählte sie in seinem 1948 erschienenen Buch *The Great Tradition* zu den »geringeren Romanciers der damaligen Zeit«[7] und fand auch noch andere unschöne Beschreibungen für sie. Vor allem, weil sich viele ihrer Geschichten im häuslichen Umfeld abspielten, fand man(n) sie trivial. Auch moderne Autorinnen, die über die Lebenswelten von Frauen schreiben, kennen diesen Reflex der auch heute noch oft männlich geprägten Literaturkritik sehr gut. Die

7 F. R. Leavis, *The Great Tradition: George Eliot, Henry James, Joseph Conrad*, London: Faber & Faber, 2011, S. 1.

Einstellung dieser Fach*männer* ist jedoch so unterkomplex, wie sie falsch ist. Gaskells Romane sind eben *nicht nur* eine Darstellung der viktorianischen Häuslichkeit, wie oft angenommen wurde, sondern vor allem ein Kommentar zu den sozialen Ungerechtigkeiten und moralischen Zwangslagen der damals lebenden Menschen, besonders jenen aus der Arbeiterklasse. Gerade durch die unterhaltsame und dadurch lebendige Darstellung der Charaktere und der zwischenmenschlichen Dynamiken beleuchtet Gaskell die drängenden Probleme ihrer Zeit, wie die Not der Arbeiterklasse in *Norden und Süden*. Auch in *Lassie und die Halbbrüder* treffen wir auf eine junge Familie, die sich anfangs in finanzieller Schieflage befindet und mit den Herausforderungen eines Lebens in der damaligen Zeit zurechtkommen muss. Als der Vater stirbt und die Mutter erkrankt, springen weder Krankenkasse noch Berufsunfähigkeits- oder Rentenversicherung ein, wie es heute der Fall wäre.

Auch die Komplexität der moralischen und sozialen Reformnotwendigkeiten, die Gaskell ihrer Zeit attestierte, finden wir in den Büchern, beispielsweise in der Erzählung *Ruth*, in der es um ein sogenanntes »gefallenes Mädchen« geht. Die positive Darstellung einer solchen Frau löste damals einen nicht geringen Skandal aus. Das wäre übrigens wieder eine Situation gewesen, in der die meisten viktorianischen Männer ihren Ehefrauen Tinte und Papier entrissen und sie zum Leben als unauffällige Hausfrau verdammt hätten – vermutlich auch mit Unterstützung ihrer Familie. Gaskells Ehemann hingegen stand an ihrer Seite. Zum Glück, denn sonst hätten wir auf viele ihrer folgenden, zum Teil größten Werke verzichten müssen – beispielsweise auf den Roman *Norden und Süden*, aber auch auf die vorliegende Geschichte, die sechs Jahre nach *Ruth* veröffentlicht wurde.

Wir sehen also: Elizabeth Gaskell war höchst experimentierfreudig. Ihr literarisches Werk diente ihr häufig als Labor, in dem sie die vielfältigen Erfahrungen, Dilemmata und Belastungen im Leben der Frauen des viktorianischen Zeitalters sorgfältig erforschte und festhielt. In diesem Zusammenhang bringt auch die vorliegende Erzählung die wesentlichen Schwierigkeiten, den gesellschaftlichen Druck und die Zwänge, denen Frauen in dieser Zeit ausgesetzt waren, knapp, aber wirkungsvoll auf den Punkt. Helen, die Mutter Gregorys und des namenlosen Erzählers, gerät nach dem frühen Tod ihres Mannes in eine prekäre Lage. Plötzlich allein und mit der Verantwortung für ein Kind konfrontiert, sieht sich die junge Frau gezwungen, sich mit den engen Grenzen ihrer wirtschaftlichen Möglichkeiten und weiblicher Unabhängigkeit auseinanderzusetzen. Angesichts der doppelten Herausforderung, als Witwe unter einer fortschreitenden Erblindung zu leiden, entscheidet sich Helen dafür, Lebensziele, die den meisten Menschen in unserer Gesellschaft recht normal scheinen – etwa eine erfüllte Liebe –, aufzugeben und eine Zweckehe mit einem wohlhabenden Mann einzugehen. Damals war so etwas in vielen westlichen Gesellschaften üblich, und auch heute noch ist die Liebesheirat in vielen Kulturen eher eine Skurrilität als die Norm. Helens Schicksal zeigt uns sehr deutlich, wie wenige Möglichkeiten Frauen zur Verfügung standen, um sich und ihre Kinder finanziell abzusichern. Und betrachtet man ihre Lage im Kontext der Zeit, hat sie es sogar sehr gut getroffen, wenngleich es sich für uns individuell nicht so anfühlen mag.

Elizabeth Gaskell selbst musste zum Glück keiner Zweckheirat zustimmen; ihre eigene Ehe beruhte auf Liebe und gemeinsamen Interessen bzw. Ambitionen, wie die Veröffentlichung einer Gedichtsammlung zusammen mit ihrem Mann im Jahr 1836 beweist. Sie lebte privilegiert und hatte in der Ehe-Lotterie definitiv Glück gehabt. Dennoch musste sie so manchen schweren Schicksalsschlag erleben, und auch bei ihr war, wie bei so vielen Schreibenden, Leben und Schreiben eng verknüpft. Nachdem Gaskell drei gesunde Töchter geboren hatte, gab ausgerechnet eine persönliche Tragödie den Anstoß zu ihrem Aufstieg als Romanautorin – und zwar der Tod ihres nicht einmal einjährigen Sohnes William im Jahr 1845. Sie kämpfte nach dem erneuten Schicksalsschlag (schon ihr erstes Kind war tot zur Welt gekommen) sehr mit der Trauer, und ihr Mann versuchte sie zu stützen und ermutigte sie letztlich dazu, in ihrem Schreiben Ablenkung und Trost zu finden. Elizabeth Gaskell folgte diesem Rat und begann die Arbeit an ihrem Roman *Mary Barton*. Dieses Werk, das Themen wie soziale Ungerechtigkeit und industrielle Unruhen im Manchester ihrer Zeit behandelt, bewies nicht nur Gaskells aufkeimendes Talent als Romanautorin, sondern markierte auch den Beginn einer bedeutenden Karriere, die die viktorianische Literaturlandschaft entscheidend mitprägte.

Schauen wir uns Gaskells Lebensweg genauer an, so haben auch andere Ereignisse aus ihrem Leben immer wieder Spuren in ihrem literarischen Schaffen hinterlassen. Im Jahre 1828 wurde beispielsweise ihr geliebter Bruder John, der sie ja in ihrem

Schreiben ermutigt hatte, als verschollen gemeldet; entweder in Indien oder auf hoher See. In den erhaltenen Briefen erwähnt sie ihn überraschenderweise nur selten, aber die Trope des verschwundenen Mannes taucht in ihren Texten immer wieder auf.[8] Auch in der vorliegenden Erzählung geht ein Sohn verloren, während die Familie zu Hause sitzt und um das Leben dieses geliebten Menschen bangt. Und noch ein autobiographischer Bezug fällt in *Lassie und die Halbbrüder* ins Auge: Die Schwester des namenlosen Ich-Erzählers erkrankt als Kleinkind an Scharlach und stirbt, genau wie Gaskells Sohn William. Auch in der Erzählung redet die Mutter zwar nicht oft über den verstorbenen Mann und das Kind, aber Gaskell lässt durch den Erzähler deutlich machen, dass, nur weil man nicht ständig über die Verstorbenen spricht, dies nicht bedeutet, dass man nicht oft an sie denkt (S. 14). Das könnte erklären, wieso man so wenig zu John in den Briefen findet. Ich habe das Gefühl, dass sie viele Sachen lieber privat mit ihrem Mann besprach oder eben verklausuliert im Schreiben verarbeitete.

Neben Parallelen zu ihrer Biographie findet man

8 *The Cambridge Companion to Elizabeth Gaskell*, hrsg. von Jill L. Matus, Cambridge [u. a.]: Cambridge University Press, 2007, S. xii.

auch viele ihrer Spezialinteressen in ihren Büchern – etwas, das ich als Autorin ebenfalls gut kenne. Besonders auffällig ist ihre Vorliebe für Schauergeschichten, die sie und ich tatsächlich teilen. Das schlägt sich für mich vor allem in den atmosphärischen Landschaftsbeschreibungen ihrer Texte nieder – auch in dieser Kurzgeschichte hat man beim Lesen der Szenen, in denen der Halbbruder durch das Moor wandert, das Gefühl, dass einem der Nebel von hinten in den Pullover kriecht und gleich irgendetwas Gespenstisches um die Ecke huscht. Die angedeutete Folklore über die Geister in den Fells passt zu ihren anderen Texten, in denen Gaskell ihre Charaktere oft Legenden, Sagen und Gruselgeschichten erzählen lässt – die Geschichte in der Geschichte ist definitiv eines ihrer Markenzeichen. Darüber hinaus erkundet sie in ihrem Werk mit großer Begeisterung und Neugier verschiedene Genres, darunter Fantasy, den klassischen Bildungsroman wie *Mary Barton* oder *Frauen und Töchter* sowie Kriminal- und Familiengeschichten, die oft mit religiösen Themen verwoben sind.

Gerade Letzteres lässt sich sehr gut erklären, wenn man sich ihren Lebensweg ansieht. Elizabeth Gaskell wuchs in einem religiösen Umfeld auf, das sich kontinuierlich in ihrem Werk widerspiegelt.

Ihr Ehemann William Gaskell war unitarischer Geistlicher, und schon ihr Vater William Stevenson war nicht nur Publizist und Lehrer, sondern ebenfalls Prediger gewesen. So liegt es nahe, dass religiöse Motive und Themen in vielen ihrer Werke eine Rolle spielen. Auch in der vorliegenden Geschichte untersucht Gaskell Familiendynamiken vor dem Hintergrund christlicher Allegorien und Morallehren.

Im Mittelpunkt des Textes steht die komplizierte Geschwisterbeziehung, die Parallelen zu bekannten biblischen Geschwisterpaaren aufweist – ich musste direkt an Kain und Abel oder Jakob und Esau denken; Brüder, die, gelinde gesagt, eine recht schwierige Beziehung zueinander hatten. Die zentrale Symbolfigur dieser Erzählung ist der verwaiste Halbbruder Gregory, der als Inbegriff des guten Hirten dargestellt wird – und, nicht gerade subtil, Schüler von Adam ist, dem Urvater. Dieser alte Hirte, der es immer gut mit Gregory meinte und ihn als einzige Person mochte, ist die einzige Vaterfigur, die der Junge jemals gekannt hat. In einer weiteren Parallele, dieses Mal zu Jesus, übernimmt der Junge im späteren Verlauf der Geschichte in der Not die Verantwortung für seine ›Herde‹, hier: für seinen jüngeren Halbbruder, trotz der Distanz zueinander und trotz der Grausamkeiten, die er erleiden musste. Und genau wie Jesus opfert er sich für seine Herde, er stirbt für die ›Sünden‹ des Bruders, der nicht auf seinen Vater hatte hören wollen. Diese unerschütterliche Hingabe an den Bruder und die Opferbereitschaft spiegeln Gaskells Auseinandersetzung mit christlichen Tugenden wie Selbstlosigkeit, Mitgefühl und vor allem Vergebung wider – Themen, die auch in ihren anderen Texten immer wieder auftauchen.

Das in der christlichen Religion prominente Thema der Erlösung wird durch die Figur des (Stief-)Vaters repräsentiert. Seine anfängliche Grausamkeit gegenüber Gregory weicht schließlich sowohl einem tiefen Gefühl der Reue als auch dem Drang nach Buße, als er vom Opfer des ungeliebten Stiefsohns für den leiblichen Sohn erfährt. Dieser Handlungsstrang folgt der klassischen Trope von Schuld, Reue und Sühne, ermöglicht durch die unerschütterliche Liebe der verstorbenen Mutter, die den Grundstein für die gesamte Geschichte gelegt hat.

Lassie, die Hündin, scheint ähnliche Qualitäten wie Gregory in sich zu vereinen. Wie ihr Herrchen verbirgt sie unter einer Oberfläche, die auf viele der sie umgebenden Menschen abstoßend wirkt, ein Herz aus Gold und wahre Schönheit. Obwohl auch sie misshandelt worden ist, begrüßt sie den Erzähler etwas nervös, aber doch überraschend zutraulich, als sie ihn im Moor zwischen den Hügeln entdeckt: »Es dauerte nur einen Augenblick, und die große, weißgesichtige Lassie wuselte und sprang aufgeregt um meine Füße und Beine herum, während sie mir mit ihren klugen, ängstlichen Augen ins Gesicht sah, als fürchte sie, ich würde sie mit einem Schlag begrüßen, wie ich es schon so oft getan hatte« (S. 35). Damit ist die Hündin genauso wenig nachtragend wie ihr Herrchen Gregory: »Er war geduldig und gutmütig und versuchte, jedem etwas Gutes zu tun, auch wenn man ihn kurz zuvor noch beschimpft oder geohrfeigt hatte« (S. 27).

Letztlich bleibt das Gefühl: Gregory opfert sich, aber irgendwie lebt er in Lassie weiter. Auch für den überlebenden Halbbruder und dessen Vater ist sie nach den Ereignissen mehr als nur ein Haustier oder eine Gefährtin, denn sie verkörpert Gregorys selbstlose Hingabe. Diese Darstellung Lassies im Text spiegelt eine allgemeine, aber auch traurige Wahrheit wider: Hunde können in ihrer grenzenlosen Loyalität Misshandlungen ertragen, ihr Drang zu gefallen und zu beschützen überwiegt oft ihre eigenen Bedürfnisse. Hunde lieben ihren Menschen selbst dann noch, wenn sie von ihm geprügelt werden.

Die selbstlose Lassie lebt bis heute in unserem Gedächtnis und in unseren Geschichten weiter, und auch ihre Schöpferin Elizabeth Gaskell, die einst im Schatten ihrer berühmteren und meist männlichen Zeitgenossen stand, erlebt mit ihren Werken derzeit zum Glück den Beginn einer Renaissance, die ihr nach und nach zu Recht den Rang einer Schlüsselfigur des viktorianischen Literaturkanons einräumt. Ihre nuancierten Erzählungen, die sich durch eine sorgfältige Auseinandersetzung mit den Feinheiten der menschlichen Natur und eine scharfe Kritik an sozialen Ungerechtigkeiten auszeichnen, sind in meinen Augen heute unvermindert relevant. In der modernen Welt, in der der Kampf für die Gleichstellung der Geschlechter und für soziale Gerechtigkeit weitergeht, bildet Gaskells Werk eine Linse, durch die wir unsere Fortschritte und die noch bestehenden Hindernisse betrachten können. Ihre Darstellung von Frauen als komplexe und widerstandsfähige Individuen stellt die viktorianische – und teilweise heute noch gängige – Tendenz in Frage, die Erfahrungen und Beiträge von Frauen herabzuwürdigen. Das wiedererwachte Interesse an ihrem Werk erweitert also nicht nur unser Verständnis von der Vergangenheit, sondern bereichert auch unseren Dialog über aktuelle gesellschaftliche Themen.

Wenn wir über Gaskells Vermächtnis nachdenken, wird deutlich, dass ihre Erzählungen, die sich durch emotionale Tiefe und scharfe soziale Beobachtung auszeichnen, auch heute noch viel zu bieten haben. Ihre Themen wie Klasse, technischer Fortschritt und Geschlechterrollen beschäftigen uns weiterhin. Gerade der Spagat zwischen Care-Arbeit und einer erfüllenden Karriere, also Elizabeth Gaskells »Rätsel«, ist etwas, das wir Frauen heutzutage gut kennen. Und es ist immer wieder interessant zu sehen, wie Generationen vor uns damit umgegangen sind, was sich verbessert hat und was noch genauso schwierig ist wie früher.

Ihre Charaktere fühlen sich lebendig an, selbst in so kurzen Skizzen wie der vorliegenden Kurzgeschichte schafft sie es, ein plastisches Bild der Personen vor unserem inneren Auge zu erzeugen. Schaue ich heute die alten *Lassie*-Filme, spüre ich Nostalgie. Ich sehne mich unbewusst nach einem ›Früher‹, das es so nie gab. Ähnlich geht es mir beim Lesen von Gaskells Geschichten oder beim Ansehen von deren Verfilmungen durch die BBC. Das ist aber natürlich ein Trugschluss – und zwar genau der, den ihre Kritiker:innen ebenfalls gezogen haben. Ihr Schaffen ist nicht ›heimelig‹, und früher war nicht alles einfacher oder schöner, im Gegenteil. Gerade für Frauen war ›früher‹ ein verdammt hartes Pflaster – und auch heute noch ist der Alltag als Frau in vielen Bereichen sehr herausfordernd.

Inzwischen habe ich fast alle Texte von Elizabeth Gaskell gelesen. Aus Neugier auf das Werk einer Kollegin, aus literaturkritischem Interesse? Sicherlich auch. Aber vor allem: weil sie so *unglaublich* spannend erzählt. Mit ihrem reichen Fundus an interessanten, skurrilen, aber auch liebenswerten Charakteren, mit Schauplätzen, die so detailgetreu beschrieben sind, dass man sich selbst im England des 19. Jahrhunderts wähnt, und mit authentischen Emotionen laden uns ihre Texte in eine Welt ein, in der sich in den Kämpfen und mitreißenden Erlebnissen der Figuren größere gesellschaftliche Themen widerspiegeln. In ähnlicher Weise gehen auch unsere modernen Geschichten von Lassie über ihre oberflächliche, niedliche Hundegeschichte hinaus – Lassie steht für unerschütterliche Loyalität und bedingungslose Liebe, was bis heute attraktiv für Leser:innen ist.

Also, meine Bitte: Fangen Sie an, Elizabeth Gaskell zu lesen. Sollte das Ihr erster Kontakt mit ihr sein, empfehle ich, direkt mit ihren Romanen weiterzumachen. Natürlich auch, um sie im deutschsprachigen Raum noch bekannter zu machen, aber vor allem: weil es einfach unglaublich Spaß macht.

Jasmin Schreiber

Über Jasmin Schreiber

JASMIN SCHREIBER, geb. 1988, ist Schriftstellerin, Biologin, Co-Moderatorin des Wissenschaftspodcasts Bugtales.fm und Verfasserin der Newsletterkolumne »Schreibers Naturarium«. Ihr Debütroman *Marianengraben* (2020) wurde ein Bestseller, es folgten das Sachbuch *Abschied von Hermine* sowie die Romane *Der Mauersegler* (2021) und *Endling* (2023). Bei Reclam erschien zuletzt ihr Sachbuch *Biodiversität. 100 Seiten* (2022).